우리 헤어지지 않게 해주세요

別管明天，
就這樣愛吧！

金秀敏——圖・文
陳思瑋——譯

致，談普通愛情的你

普通 ㄆㄨˇ ㄊㄨㄥ

[名詞] 不特別且常見的，或是不優也不劣的中等程度。

[副詞] 一般地，或是通常地。

　　我非常喜歡「普通」這個詞。「不特別」是隱藏自我的最佳條件，「常見」是自然被別人看見的最佳位置。「不優」是個不錯的擋箭牌，不會太累卻又不會很無聊，「不劣」是個很棒的武器，能不被任何人無視。

我只依照別人的樣子做，只做到不落後太多的程度，把自己變「普通」。

然而就在比任何人都普通的我成為了某人的「特別」存在以後，這份「普通」開始一點一點出現裂痕。

金秀敏 敬上

目錄

這樣，你那樣・單身主義・微笑・似懂非懂・辛苦的年紀・單戀・幸福的合理化・彷彿不會改變一樣・下一章

Chapter 1

因為你才如此

如今所有我們相愛的日子
就算在未來都褪色成青春歲月的回憶
願那些褪色的瞬間
能一直與我們同在

Moment 1

交集

　　我們，被他人的顏色所覆蓋，不知道是我還是你。不是完全被他人填滿的集合，而是你的故事存在，我的故事也存在，其間我們的故事共存。在不同與不同混合的不同中，創造出只屬於我們的色彩。

　　願我們的愛有所交集。

Moment 2

讓我改變的人

喜歡一個人就是，

當意識到自己比不上他時，
就會努力讓自己成為更好的人。

現在，
我想愛你。

Moment 3

我喜歡你

「一輩子，到死為止，只愛你一人」，
這種修飾過的話語不必多說，

就算只是羞澀地說一句簡單的「我喜歡你」，
只要能夠融化對方的心，

那就是真實的愛。

Moment 4

不怎麼特別的特別

肩並著肩散步，
週末晚上邊吃冰淇淋邊看電視，
下雨時，理所當然地共撐一把傘，
戴耳機聽好歌時，理所當然地只戴了單邊，
常去的咖啡廳集點卡永遠都一次蓋兩個章，
只是互相注視，說著老套的話語。
雖然看起來真的沒什麼特別，
每個瞬間卻都非常特別。

這是只有你才能做到的事。

Moment 5

你的模樣

如果你想展現美麗的模樣，
別對著鏡子打扮自己，
請看看我眼中的你，

因為在我眼裡你永遠是美麗的。

Moment 6

有你陪伴的一天

　　有的人只要在一起就能讓我感到寬慰。有的人能淡化過去日常的艱辛，僅憑他的存在就能讓我感到安慰。有的人不用言語，光是注視著我就能讓我感到欣慰。有的人只要握住我的手就能融化我疲憊不堪且凍結的身心。

　　不需要什麼誇張的禮物，不用對我說華麗的詞藻，就算什麼都不做，光是陪著我就能讓我倍感安慰的人。

　　我有這樣的人。

Moment 7

把緣分變成命運

其實「緣分」沒什麼了不起。緣分就是，在意想不到的地方遇見某人，或是某人和我認識的某人互相認識，或是某人意料之外地成爲了自己人，緣分就是如此盤根錯節地散布在身邊。

歸根究柢，你遇到我也許只是眾多緣分之一，但我想把這份沒什麼了不起的「緣分」變成「命運」。

Moment 8

不是想著互相而是想著我們

那天雨下得特別大。當時我們只有一把傘，怕你淋溼，走路時我把雨傘往你那邊撐。我卻沒發現，自己另一邊的肩膀完全溼透了。小時候那種為對方著想的心真的很美，但上了年紀就變了，不是互相為對方著想，而是只想著我們。你可能不知道什麼是「不互相著想」而「只想著我們」。

也許多數人會說：「我沒關係，這樣你會淋溼肩膀。」現在我更想說：「我們一起淋雨吧？」

Moment 9

愛情就像送修的鐘錶

心愛的錶壞了，託人修理。雖然手錶不是很貴，但我的手腕已經戴慣它了。大概是有感情了吧，給鐘錶店大叔檢查時他問道：「看來是很珍貴的東西吧？」

「是珍貴的東西嗎？」這個提問實在陌生，也許是生平第一次被這樣問。當然是很珍貴的東西，但我反覆咀嚼問題數十次，想了很久才回答：「是的，是我很珍惜的東西。」

所有東西都很容易換來換去，手機、衣服、鞋子都是如此。相較於物品對人的意義或價值，我們更關注物質的功能。我們的關係應該也沒什麼了不起的吧？當瑣碎的問題演變為爭吵，感情的裂痕加深，我們似乎就會認為對方不愛自己。

越珍貴就越珍惜，偶爾不小心失手讓它故障就去修理，修了再修，修好繼續愛就好。就這樣磨了又磨，愛到不能再修理為止。

啊，就算故障了，我應該也不會輕易拋棄你。

Moment 10

連這些瞬間都一起愛吧！

　　不可能一直都是美好的。如果能一直幸福地笑就好了，然而現實中的愛情卻不同。現實中的愛情和想像太不一樣了，即便可能會遇到辛苦的時刻，也不要否定這些瞬間，連這些瞬間都一起愛吧。

　　因為不管如何，嫉妒、執著、爭吵都源自於愛。

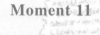

Moment 11

早晨風景

如果睡醒睜開雙眼，

在眼前展開的風景，

全都是你的話……

希望早上睜開雙眼，
你就在我身邊。

Moment 12

眼神

有時光是看著你都會很激動。

累的時候表示累，
喜歡就表示喜歡，
傷心就表示傷心，
幸福就表示幸福，

不必非得用語言表達，
光靠眼神就能充分感受得到。

Moment 13

即使沒有心動

　　在一起久了的情侶漸漸對心動的感覺遲鈍，說是遲鈍，也許該說是模糊不清。沒心動不代表不愛，但大多數的情侶似乎都這麼認為。

　　心動的感覺並沒有變得遲鈍且模糊，而是轉變成信任。我們不曉得對方會做出怎樣的舉動，不曉得對方會展現怎樣的情感，因此對對方感到好奇。因對方的新面貌而心動的情感會隨時間流逝而越來越熟悉，因為我信任你，那心動的感覺當然會模糊掉。

　　所以就算我不再對你心動也好，

　　就算你對我不再心動也沒關係。

　　反正愛情不就是如此嗎？

Moment 14

好人

不管異性關係如何，人際關係如何，
不管經濟狀況如何，家庭問題如何，
不管過去的日子怎樣，不管原來是怎樣的人，

這些都與我無關。

從我喜歡你的那一刻起，
對我來說，你就是個好人。

Moment 15

沒人教過的事

認識某人，
遇見某人，
愛上某人，
想念某人，

真的很神奇，
認識一個陌生的人，與他交往並相愛，
雖然沒有任何人教過我，卻能感覺到這種情感就是
愛情。

Moment 16

每一瞬間

雖然對喜歡一個人這件事很生疏，
雖然總是事與願違地傷害到對方。

希望往後的每個瞬間都是我被你迷住的瞬間，
就連你討厭我並對我生氣的那一瞬間，

我都會被你迷住。

Moment 17

到處都是這樣的愛情

　　不管我談過多美的愛情，無論我經歷多悲傷的離別，我覺得人活著，所有的人生都是差不多的，到處埋藏著原以為只有自己才經歷過的情感。

　　那些不經大腦就哼唱出的歌曲，
　　那些僅只是跟著唱的歌詞，

　　都變成了我想對你說的話，
　　聽起來就像你想對我說的話。

有很多話
想對你說。

Moment 18

各自的方式

就算喜歡的情感有點生疏，
就算偶爾出錯，
不代表這就不是愛情。

即使方式不熟練，也希望是能夠理解的愛。

Moment 19

愛情的香氣

花開花謝，在花開完又謝了之前，香氣之所以沒有始終如一，並非因爲香氣突然消失，散發完香氣而枯萎，只是因爲我們很容易習慣，然後就再也感受不到了。

愛不會變，
你也不會變。

只是我習慣了那股香氣，
我們習慣了彼此一如往常的香氣。

在一如往常的日子裡，
我們越來越濃烈了。

Moment 20

緣分的結

　　愛一個人總是笨拙生疏，我們一直徘徊於誤解和理解之間，一直苦惱於貪慾與關懷之間。緣分總是錯過又糾結，但又不希望我們的緣分太容易結成，也不希望這個結太輕易就解開。

　　即便愛情艱難又生疏，
　　還是希望乾脆彼此糾纏在一起，

　　願我們的緣分，
　　能就此繫成結實的結。

Moment 21

聰明地愛

又累又煩時你可以對我大吼大叫，對我說不中聽的話，只要不說傷人的話就好。讓我們回想並回憶過去，計畫未來並心動地墜入愛河。不過，要盡量避免懷念過去的模樣，避免草率約定遙遠的未來，不能表現出讓人想皺眉的過度愛意，或是表現得讓人起雞皮疙瘩。這樣以後才不會後悔沒辦法再愛對方更多。

每個瞬間我都會聰明地愛你，
請你享受並愛上每個瞬間。

Moment 22

那又怎樣

不曉得這份心動的感覺是否只是內心動搖而已，
不曉得這種你是「我的人」的直覺是否只是一時的錯覺，
不曉得想你的這份心意是否只是瞬間的妄想，
不曉得我那不知不覺間的嫉妒是否只是暫時的貪念。

這些無法知曉的情感全部湧入我的腦中，
見到你的那一瞬間答案就清晰了。

「那又怎樣？」

見到你的那瞬間起，我就已如此。

Moment 23

如果相愛

　　喜歡上一個人，除了他以外，什麼都看不見，理當要看得到的部分被愛所掩蓋，判斷力下降，視野變窄。和一個人交往並愛上他的那一瞬間，被情感所掩蓋的部分會漸漸顯現。因此，彼此都會對對方感到失望，雙方都會一點一點地接觸到這股失落的感受，最終導致分手。不是我們變了，不是因為「不愛了」，而是錯在我們沒有看到對方真實的樣貌。

　　如果喜歡一個人，
　　如果愛上一個人，

　　不要試圖在對方身上找自己所期待的模樣，而是要從對方真實的模樣裡尋找自己所愛的部分。對對方的期望越多，期望就越容易變成不滿。

Moment 24

完整的自己

只有變得更好，好的人才會靠近我，這樣的緣分眞的是好緣分嗎？如果無法展現完整的自己，而是要變成任誰看了都覺得美好的模樣才能與人交往，如果對方要等我改變，直到我展現出美好的模樣才會接近我的話，究竟這種緣分眞的是對的緣分嗎？我想要的緣分是……不，也許我們期望的緣分是，對方會靠近原始完整、當下原本的我，而我則能成爲對他而言更好一點點的我。

Moment 25

存在的理由

　　在有人認眞傾聽並理解我所說的話之前，我無法證明我說的話是對的。在有人認可並跟隨我走的這條路之前，我無法證明這條道路是正確的。在有人認出我、傾聽我的話語並注視著我之前，我無法證明我的存在。

被某人愛著的事實，
讓我能成爲我自己。

Moment 26

我想見你

「我想見你」這句話真的很棒。在你說過的話之中，我真的很喜歡這句話，這麼說不就代表你在想我嗎？因為即便不是一整天，現在你的腦海裡也有我。

「我想見你」這句話藏著懇切之心，從傳達的溫度開始就和「我喜歡你」有所不同。「我想見你」這句話表示，只有特定對象才能消除這種迫切的感覺。渴了就去找能解渴的東西，餓了就去找能飽足的東西，而迫切地想見我，不就是要找我嗎？在你說過的話之中，我真的很喜歡「我想見你」這句話。

Moment 27

始終如一

對新鮮事物的悸動,
對未知的恐懼,
擔心是否會錯過的不安,
擔心是否會逃跑的恐懼。

要是能記住當下所有的瞬間和情感,
也許就能一直充滿感激地愛著你。

Moment 28

束縛之美

關於被某人完全擁有並成爲他的一部分，我們偶爾會以束縛爲藉口，試圖擺脫從屬他人所帶來的無聊，以執著與束縛爲藉口，斷定對方愛的方式不對。然而，執著與束縛都是源於愛情，無聊代表了習慣，習慣則代表不能沒有的事物。

我敢斷言，當束縛與被束縛都令人感到幸福時，此時的愛最爲閃亮。

越來越習慣你。

Moment 29

讓你彷彿擁有全世界的人

相較於令人心動的人，我更喜歡讓人自在的人。
相較於吃飯時想表現好的一面給對方看的人，
我更喜歡吃得比平時更多的人。
相較於在寒冬中接送我的人，
我更喜歡合起雙手幫我呼熱氣的人。
相較於讓人期待來電者是不是他的人，
我更喜歡讓人確信打來的就是他的人。

然而奇怪的是，
就算沒有完全滿足這些期望，

就算只是待在身邊，
有人就會給人一種彷彿擁有全世界的感覺。

Moment 30

因為是第一次

關於喜歡，因為是第一次才如此。雖然有過無數次的戀愛與曖昧，但因為是第一次喜歡你這個人才會如此。你喜歡吃什麼還是不能吃什麼，你喜歡安靜的咖啡廳還是吵鬧的酒吧，你喜歡燒酒還是啤酒，你喜歡夏天還是冬天，這些我都不知道。

我對你一無所知。那又如何？這樣不就夠了嗎？我喜歡我一無所知的你，我喜歡相異處比共同點更多的你。這個事實如此驚人，所以就算我有點生疏也請你諒解。

因為喜歡你是第一次才如此，
因為儘管如此我還是喜歡你。

Moment 31

Heart

　　手指比愛心，手掌比的小愛心，雙臂高舉過頭的大愛心，情侶各用單邊手臂比出來的愛心。

愛心就是 heart，
Heart 就是愛。

　　手指比愛，手掌比的小愛，雙臂高舉過頭的大愛，情侶各用單邊手臂比出來的愛。

　　唉呦，多尷尬啊！看來我還是對愛這個詞感到害臊。Heart 是愛，愛是 heart，為什麼說愛這個字就這麼讓人臉紅心跳呢？

Moment 32

愛情的等價交換

給多少就收多少的等價交換法則，在愛情關係上無法成立。在同等的位置上給予並接受同等的愛是很困難的，但這並不代表無法成立的等價交換法則是錯的。我們要知道的是，接受的一方沒必要對給予的一方感到抱歉與負擔。遊刃有餘的人挖掉一點點的自己去彌補對方的不足，愛情就完整了。付出的人挖出自己的一部分給對方時，他們只需要一句「謝謝」作爲補償就夠了，不需要抱歉與負擔。

愛情的篝火，哪怕只是小小的柴火，也會以相同的溫度燃燒。

讓我們絕對別分開。

Moment 33

有朝一日

即便當下這個瞬間並非永恆，
如果有朝一日我們過往的幸福回憶只剩一小塊，
而你還想念我的話，

我應該也會因此感到幸福。

Moment 34

所謂的第一次

　　第一次談戀愛，第一次的大學生活，第一次約會，第一次接吻，第一次性愛，第一次工作。人生的第一次經驗是很重要的，第一次不僅只是體驗新事物，也是原本不曉得的情感誕生的瞬間。也許正因為如此，「第一次」成為往後經歷的比較標準。

　　這個標準不容易改變，也不會輕易被遺忘。

Moment 35

我們要表達出來

　　有時我們會隱藏自身的眞實感情，用迂迴的方式表達。會迂迴地表達有很多原因，因爲「對直接的表達方式比較謹愼」，或是「我感覺到的這種情感讓我很害羞」等。

　　不過在愛情方面，直接地表達出來有時就能讓關係走向更好的方向。與其說「你最近怎麼了」和「你變了」，不如說「今天你好像不太愛我，我好傷心」，這種直率的表達更能打造一段有始有終的關係。

今天過得如何？

Moment 36

碰杯

在附近某家裝潢簡陋的在地餐廳吃晚餐，吃到一半，一對老夫婦走進餐廳，點了一道主菜、一瓶燒酒和一瓶汽水。

老夫婦互相在彼此的杯子裡倒了燒酒和汽水，碰了彼此的杯子後開始用餐。

剛剛我好像在這間簡陋的餐廳裡，跟那對老夫婦學到了一點所謂的愛情。

原來愛情是這樣的啊！不是強迫而是理解。可以用我倒了汽水的杯子，碰一下對方倒了燒酒的杯子。

今天玻璃杯相碰的聲音尤其清脆響亮。

Moment 37

我們的夢

心動的感覺只是一時的情感，
所謂的愛情其實也只是虛幻的情感罷了。

因此，現在我們相愛就代表，
你和我正在過著不可思議的日子。

彷彿夢境一般。

愛情的力量

　　愛情的力量很薄弱。愛情沒有國界，愛情不管年齡，但無論如何這些都不是「愛情的力量」，而是「人的力量」。愛情本就脆弱，如果因孤單辛苦而倚靠愛情，愛會輕易夭折。

　　因此，不要依靠愛情，要讓我愛的人能依靠我。那個人、那份愛，是否永遠留在我身邊，全都仰賴於我。

Moment 39

愛的使用說明書

　　東西有各自的功能與作用，我們會閱讀物品的使用說明書，並熟悉使用方法。如果使用時沒有依照規定的方法，而是依照自身喜好，東西就會故障或壞掉。

　　人在使用物品時會先熟悉使用方法，然後再遵循方法使用，然而實際與人相處時，卻想要對方配合自己。每個人都有自己的「功能」與「作用」，更何況人還有「情感」。

　　過分的偏好變成了偏見，過分的偏見變成了視而不見。

　　人是不會輕易改變的，變的只有情感而已。

我是，你也是，
我們都不會變。

就算擔心這份愛有一天會結束，
我們也不要愛得連開始都害怕。

Chapter 2

稚嫩的愛

愛情

它推翻了

你設定的所有理想條件

朝著你走過來

Moment 40

情感的杯子

你曾經如此，
我曾經如此。

我看著你，彷彿看著裝了一半的杯子，
你看著我，彷彿看著空了一半的杯子。

你是一杯裝得剛剛好，綽綽有餘的杯子，
我是一杯空了一部分，危險搖動的杯子。

彼此感受到的幸福濃度，
取決於你以怎樣的眼光看待它。

Moment 41

失物招領

彼此的關係，

不是不見了，

而是被拋棄了。

徒勞地妄想著馬上就能尋回，
彼此的關係就是妄想的產物。

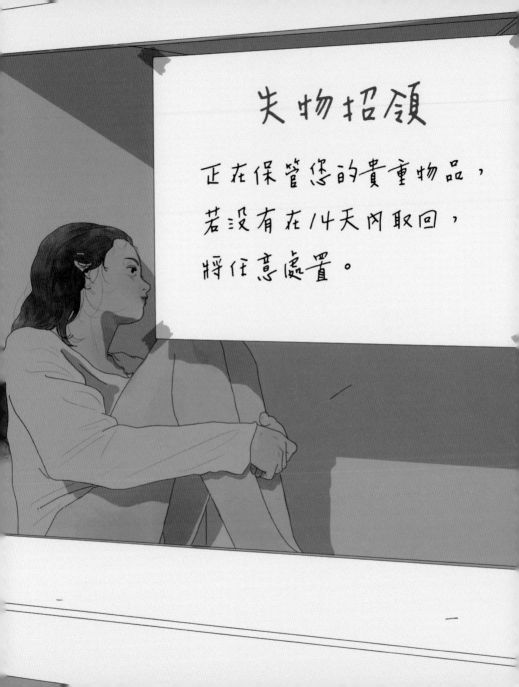

Moment 42

甲方與乙方

「別離開，我還是很喜歡你，再給我一次機會吧。
告訴我哪裡不好，告訴我哪裡做錯，我會改進。」

已經不在的心是絕對留不住的，即便再把它抓回
來，也別期待它還是最初的那顆心。因眷戀與執著而抓
著對方不放的那一刻起，戀人間的關係就不再是地位對
等地付出愛，而是變成了契約上的甲乙方關係。

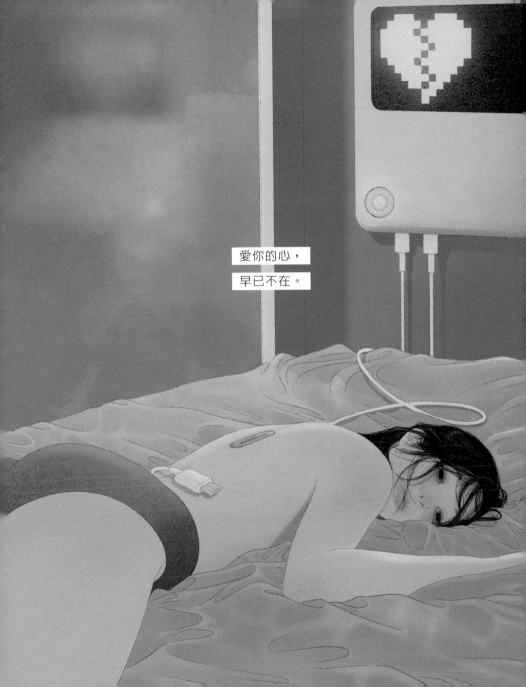

愛你的心，
早已不在。

Moment 43

男女

女人是哭夠了才說分開，
男人是分開後才流眼淚。

Moment 44

惡夢

對你而言我到底是怎樣的人？我到底做錯了什麼？即便如今你已不在，你的身影還是在我眼前浮現，讓我如此痛苦嗎？每當我想努力忘記，想要看淡一切時，你總是透過我們一起做過、一起看過、一起感受過的事物，再次出現在我的面前。

比起像惡夢般折磨著我的你，或許我更討厭明知會做惡夢卻還是睡著的自己。

也許不是你在我快忘記時出現並折磨我，
而是我在快要忘記你時找你來折磨自己。

直到現在，

都還熬著失眠的夜。

思念起於細微之處

　　進屋時，H 的香氣掠過鼻尖，到處都吸附著 H 特有的肥皂香。天氣變滿涼的，我用冷冷的手掌抹了一下臉，脫下鞋子，在距離角落一掌的位置擺好鞋子。鞋子與牆之間的距離，就像有誰的鞋擺在牆壁和我的鞋之間。像往常一樣，我脫下衣服，丟在沙發上，要是 H 看到肯定會念個不停。走進衛浴，等水溫調到合適溫度，我呆呆地盯著鏡子看。「還滿能撐得嘛……」我和 H 分手過了一週，並排擺著的牙刷中，其中一把牙刷的水氣已經乾掉，牙膏旁的刮鬍刀刀刃已經在逐漸生鏽。眼前的鏡像逐漸模糊，我把身子泡進浴缸裡。一片寂靜，只有我發出的水聲填滿整個空間。水漸漸變涼，我起身沖澡，手伸向毛巾架。「啊，對了！毛巾……」我平靜地打開衛浴的門，全身溼答答地看著空蕩蕩的客廳，客廳裡只有被我隨意丟下的衣服原封不動地躺在沙發上，我一直忍著的淚水最終還是潰堤了。

　　思念起於細微之處，
　　因爲連細微的事也全都是你。

Moment 46

愛的認知

　　是錯在我對愛情太過寬容嗎？是錯在我對你太過寬容嗎？墜入情網、迷戀他人，我們會喪失對情況的認知能力，會避開顯而易見的答案，找出只考慮對方的答案，並確信這就是正解，就這樣逐漸迎來分手的局面。一起床就馬上確認手機，沒有未接來電時就會想：「看來是還在睡啊。」打電話不接時就會想：「看來還在忙啊。」傳訊息都不讀時就會想：「看來是有事啊。」與此同時還擔心著每分每秒都如此忙碌的你是否連吃飯都顧不上。要是整天都聯絡不上，就會擔心得連自己的事都做不了，過完一天才收到對方訊息，一收到訊息就感到極度感激與慶幸。如果愛著某人的話，如果迷戀某人的話，就會有這些感覺，感覺自己沒有掌握正確的情況；感覺等認知到所有情況時就爲時已晚了，到那時才會遲來地醒悟；感覺也許早已明瞭一切的答案，只是不想承認罷了，怕承認的話自己會變得很慘，怕自己變得太可憐；感覺想要就此抓住那一點點的希望，想要繼續和對方交往下去。

是錯在對愛情過於寬容了嗎？
連小小的希望都放得太大了。

Moment 47

回憶的傷痛

一一回想和你在一起的日子，才發現全都是傷痛。
將那些辛酸的傷痛重新收集起來，裝成了回憶。

我對你而言是回憶還是傷痛？

就算對你而言我算是傷痛，
無論如何那也算是回憶吧。

Moment 48

總是如此

愛情總是如此，愛情會再次來臨，
直至目前為止都是如此，以後也會如此。

而且有件事直至目前為止都是如此，以後也會如
此，

你想的那個人並不會來。

Moment 49

占有

與某人交往並牽起緣分總是困難的，
因為我們會對沒什麼大不了的小事而傷心，
因為我們會對沒什麼大不了的話感到失落。

愛會理解，占有會失望。

你究竟是我想愛的人，
還是我想占有的人呢？

Moment 50

我的自尊在說話

究竟你和我一起經歷的是愛情嗎？
究竟我們的時間真的是「我們」的嗎？

有時我會突然帶著這種疑惑追問答案，
也沒什麼特別的意義。

因為或許只是我最後那孤零零的自尊，
還固執地認為你曾是愛情。

Moment 51

魚塘

　　錯的是把魚關在魚缸裡，在適當時機投飼料並觀賞魚的人嗎？錯的是安於魚缸內的生活，為了比其他魚多吃一口天上掉下來的食物，因此努力搖動魚鰭的魚嗎？

　　無論如何，如果把看一下這個人又看一下那個人的管控行為稱作魚塘管理的話，那麼被管的魚肯定錯得更嚴重。

簡單但很難

擔心這個行動是否出於我自己單方面的情感，擔心這是否只是對方維繫關係的義務行為，討厭我的情感因對方義務性的行為而加深，害怕對方的心因我的情感而感到有壓力，所以連一個簡單的聯絡都猶豫不決。

萬一對方也抱持同樣的心情呢？

就這樣，兩個互相喜歡的人，為了彼此而逐漸疏遠對方。感情真的很難吧？現實是，無論彼此有多麼喜歡對方，僅憑喜歡是無法實現愛的。

Moment 53

我這樣，你那樣

　　隨年齡增長我學到了一點，那就是女人的直覺永遠都很恐怖，問題是它比男人變心的速度慢。

　　而「女人心如蘆葦般搖擺」這句話說得沒錯，只是女人的心只會在原地搖擺，它絕對沒離開過原地。

　　就像我這樣，就像你那樣。

對於曾用真心愛過的你，

至今我依舊感到抱歉。

Moment 54

單身主義

我們無法揣測他們的傷悲。不相信愛情的人是眞正愛過的人，不信任他人的人是相信過他人的人。我們從未像不相信愛情的人那樣深愛過，我們從未像不信任他人的人那樣對某人懷抱深厚的信任過。

這些人所受的傷超越我們能估量的範圍，我們常會見到這些對周遭萬物持負面態度的人。

想法負面的人大多是受傷的人，
因爲愛而受傷，
因爲人而受傷。

Moment 55

微笑

笑代表什麼意思？
最近突然覺得，即使笑了也不像是笑，
就算笑也不曉得為什麼笑。

是為幸福而笑？
是為隱藏某事而笑？
只要笑了，大家都會以為我很幸福。

也許大家都用各自的微笑掩飾著過日子，
　　只要伸出援手靠近問：「很辛苦吧？」那個隱藏的
東西就會爆發。

是否在用各自的微笑
掩飾各自的傷口呢？
明明就快瀕臨崩潰了。

Moment 56

似懂非懂

　　與人相處或與某人交往時，我會不自覺地從空檔中找尋屬於自己的空間；想念人、想念吵鬧的感覺時，又會在實際見到後，莫名地感到更嚴重的孤獨與空虛。

　　我是喜歡人還是討厭人呢？我是在思念人嗎？難道連這個也是我的錯覺嗎？是因為人的關係我才孤獨嗎？還是或許有人因為這樣的我而感到孤獨嗎？

　　最近，連我都不懂我自己了。你懂這種心情嗎？
　　我死都不想一個人，卻又覺得一個人很好。

最近，連我都不懂我自己。

Moment 57

辛苦的年紀

── 想癱坐在地上大哭一場。

── 想這樣做時，我們已經長太大了。

── 我想理直氣壯地戰勝它。

── 想這樣做時，我們年紀還太小。

成年，

即便成年了，也還不是大人。

實在是一個做什麼都不是，又不能怪自己年齡的年紀。

Moment 58

單戀

　　單戀之所以辛苦，不是因爲單戀是單方面的愛情。單戀之所以辛苦，是因爲深切感受到自己什麼都不是。

　　因爲單戀時我們才會再次領悟到，無論對方跟誰見面、跟誰做什麼事，我都沒有資格嫉妒或生氣。

幸福的合理化

現在是該放手的時候了。
為了合理化唯一的幸福，
我們偶爾要做複雜的考量。

需要捍衛的幸福，
絕對不是幸福。

Moment 60

彷彿不會改變一樣

　　愛情終有一天會隨著那段相愛的時光一起結束，而任何愛情都會隨時間逐漸改變。就算結束或逐漸改變，不變的真相是，即便愛情有朝一日會變，即便愛情有朝一日會結束，我們還是會愚蠢地再次愛人。

　　彷彿時光流逝也不會改變一樣，
　　彷彿時光流逝也不會結束一樣。

Moment 61

下一章

不能因為無聊或場面不浩大就斷定你的故事是三流電影。如果電影院只播映有趣的電影，那所有電影都會登上票房榜首；如果出版社只出版有趣的書，那書店賣的書就只會有少數幾種而已。

你正在寫的那本以你為主角的書也已經問世，有人會選擇那本主角是你的書，甚至可能有人已經選擇了你。

所以，你只要寫自己的故事就好了，不用理會別人怎麼說，你只要過自己的生活就行了。以你為主角的那本書，無論現在翻到的頁面是悲傷還是幸福的場面，或是故事才剛開始尚未切入正題，不管怎樣都沒關係。

為什麼？
……
因為我們一定會翻到下一章，
就看不到過去的故事了。

因離別而痛苦的人，
大多都像奉獻自身全部的愛一樣。

如果真的付出了自身全部的愛，
那反而不會痛苦，只有痛快。

Chapter 3

大家都這樣過日子

問你為什麼喜歡

你回答喜歡還需要什麼理由

結果你卻在分開後

找分開的理由

Moment 62

過往的愛情

　　愛著現在的某個人，就代表要連那個人的過去都愛。然而，即使現在想愛某個人，過去卻總是成為絆腳石。

　　眞的好難。有過去我才會存在，我存在就會有過去。我所經歷的過去還沒把我放下，它在折磨著現在的我。

　　不對，也許是我緊抓著過去不放。

Moment 63

等待、愛情、難題

　　我以爲等待就是愛情，覺得只要茫然等待，一直堅守在原地，就能證明我的心意，認爲這就是愛人的方式。然而我卻猛然看見鏡中的自己，模樣極爲寒酸可憐。

　　我是不是用愛情，把這份等待包裝得太美好呢？等待也許是愛情，當然等待也肯定是愛情的重要元素之一。

　　那麼讓對方等待算是愛情嗎？

　　對於留下來等待的我，愛情又是什麼？

　　等待心愛的人是理所當然的，但我們不能理所當然地讓心愛的人等我們。這道難題的解答也許與等待的時間成正比。

　　所以如果你正在等待某人，或者正在讓某人等待，建議你盡快找出答案。

　　不管答案爲何，只要等待的時間短，那就是正確答案。

Moment 64

回想起來

　　我總是自己一個人，身邊沒有任何依靠，所謂的依靠似乎會暴露我的弱點。我總是對自己說：「沒關係……」一邊自我暗示，一邊自我虐待。上班時，小書桌的螢幕前就是我的世界；下班途中的地鐵一隅，地鐵為了難受的我大發慈悲掛了手拉環，在那手拉環下就是我的世界；打開玄關門經過令人窒息的走道，再打開另一扇門，那才是我的世界。很神奇吧！我獨自一人感覺快孤單死了，卻又把自己推往更深的角落。窗外閃爍的光就像相機快門一樣，拍下被困住的我，房門要關上，窗簾也要拉好，我的世界才完整。雖然有點孤單，但這是唯一能成為我自己的空間。就這樣，我一點一點地被自己蠶食。

　　「登登！」

　　在與外界澈底隔絕的我的世界裡，寂靜被打破了。大學時一起玩的朋友傳簡訊給我，畢業後我們只用社群軟體確認彼此消息，那個傢伙傳來的訊息這樣寫道：「過得還好嗎？我來七星市場吃烏龍麵就想到你了，你不是喜歡這裡的烏龍麵嗎？」對啊，回想起來，我並不是一個人。也許不是他們把我從他們那裡擠出來，而是我把他們推到了我的世界之外。與外界澈底隔絕的世界，開始有微光滲透進來了。

Moment 65

一句「我們無緣」

　　我愛過你，然而你愛過的，是我愛你的那個模樣吧。對你單方面的愛最後也只能感到厭倦，而你也只能用「你變了」來形容我的模樣。是我不夠好，無法堅持最初愛你的心到最後，連自己已經變了的模樣都愛不下去。用一句「我們無緣」，把我的不足與你的自私漂亮地包裝起來吧。

　　想擁某些東西時，想誘惑某人時，會讓自己看起來比實際擁有的還多，或變成完全不同的模樣，這種變化尤其會體現在愛情上。為了爭取一個人而把自己演成了別人，彷彿我們的相遇是緣分一樣。虛假的變化叫虛偽，而虛偽終有一天會被揭穿。

因為虛偽，

終有一天會被揭穿。

Moment 66

男女之愛

男人的表達是，

即便沒有表現出來還是全都懂，這就代表愛。
一直想著對方，想見對方，
即便不說出口也能感受到，那就是愛。

女人的表達是，

即便知道還是想確認，這就代表愛。
想著對方就說想念，想見對方就說想見，
即使心裡清楚也偏要說出口，那就是愛。

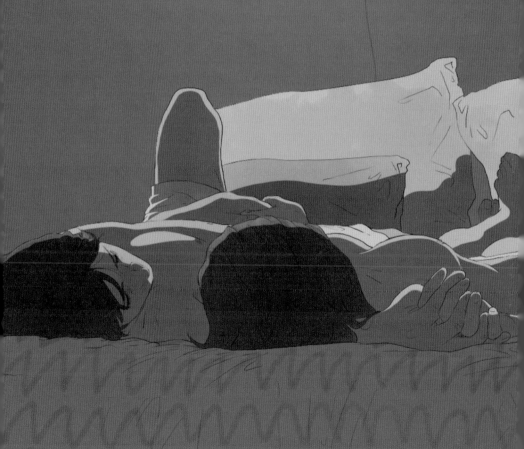

Moment 67

陌生的吸引力

　　陌生的感受有讓人緊張的能力，我們偶爾會錯把這種彆扭誤認爲是心動。人們因這樣的心動而產生好奇，對他人的好奇心常常會被連結到吸引力上。

　　因爲吸引力而變親近的兩人逐漸了解對方，經歷感情上的快速成長。這種情感會蛻變成自在感，讓我們把過去那個陌生的他視爲自己人。

　　自在的情感讓人變得習慣彼此，而所謂的習慣則有讓人麻木的能力。感到習慣的人很容易覺得無聊，覺得無聊的人則會被另一種陌生吸引。

Moment 68

爲了分開的愛情

我們與人交往，然後分手，與此同時有件事自然而然就習慣了。愛上他人時，我們就在爲分開做準備。害怕留下痛苦的傷痕，於是愛得少一點；不想感到自責，便會得到多少就還回去多少；擔心愛得無法自拔，因而沒能更深入地了解對方。

然後，一如既往地面臨分開的時刻，確信愛情果然不可靠。

不知不覺間，我們談的是一場爲了分開的愛情。

即便如此那也會是幸福的回憶。

Moment 69

感到簡單的同時也漸行漸遠

每天的聯絡次數減少，
某些緣分就這樣漸漸遠去。
緣分不是靠手機牽成的，
戀愛也不是靠聯絡維繫的。

你的手機裡現在也有個這樣的人嗎？

雖然聊天室是因交情而建立的，
但聊天室的通知卻是關著的。

Moment 70

安慰

想靠在某人身上大哭一場，卻不能隨便讓人看到我軟弱的樣子。我承受著壓迫感，害怕那無法改變的鬱悶與周遭的眼光，明知道有些不對勁，卻因為不想被同情而若無其事的行動。

我被這一切重量壓得什麼都做不了，對自己感到心寒。同時又希望有人能看到我並給我安慰，我迫切地盼望著。

不想讓你看見我軟弱的樣子，
但我偶爾想依靠著某人大哭一場。

Moment 71

沉默

——所以你現在心情怎樣？

——我也不太了解自己，搞不清楚狀況，也不知道
該怎麼做。

——所以你希望他能理解連你自己都搞不懂的心情
嗎？

——……

——沉默不是好辦法，沉默終究只會造成誤會。

Moment 72

就是因爲我啊

獨處時，滿腦子雜念，
若仔細觀察我那滿是雜念的腦海，
會覺得自己寒酸又可憐。

是從哪裡開始出錯的呢？
爲什麼會變成這樣？

如此煩惱的我，這次也一如既往地找到了解答，
這個答案我反覆說了無數次：

「就是因爲我啊。」

Moment 73

大家都是這樣

大家都是這樣吧？
就算沒有那個人也可以聽音樂，
就算沒有那個人也可以看電影，
就算沒有那個人也能享受美食，
就算沒有那個人也能隨時旅行，
就算沒有那個人也沒有做不到的事情。

這些都是一個人也能好好做的事，因為可以按照自己的時間、心情去做，說不定做起來反而還更容易吧？

儘管如此，還是要「我們」一起做啊。

雖然一個人完全能辦到，但就是有個人，讓你覺得非得跟他一起做這些事。大家都是這樣吧？

就是想在一起的心。

Moment 74

所謂的愛情眞的是……

　　實在諷刺的是，世界上存在著我不能愛的人、不能交往的人，存在著連把他放在心上都不被允許的人。

　　但更諷刺的是，這並無法成爲我不應該愛你的理由。

Moment 75

跑完全程

　　越是喜歡一個人，就越會去想像和那個人分手的時刻。為什麼要邊愛人還要邊擔心離別呢？這個問題沒辦法簡單回答，恐怕並非只有我一個人有這樣的情感。那為什麼我們在相愛時會擔心離別呢？

　　擔心離別不是因為愛得比較少，而是因為愛得更多。不是因為不愛你才擔心即將到來的離別，而是因為愛你才擔心即將到來的離別。那有沒有辦法消除這種擔心呢？

　　我還沒找到答案。不過有一點是肯定的，儘管如此，我還是愛你。雖然不曉得同行這條路的盡頭有什麼，但還是先走走看吧。因為就算這條路盡頭等著我們的是離別，與你相伴的每一刻都是珍貴與美麗的。

想和你一起做的事情太多了。

Moment 76

彷若永恆

人們所謂的信任實在詭譎多變，
人們會因對方變心而受傷，
於是討厭對方、厭惡對方。

我們忘記了即便連彷若永恆的自己，
終究還是會變。

Moment 77

差異

若要談我所感受到的男女差異，

女人偏要去了解那些沒必要知道的事，
她們了解了太多不需要知道的事情。

男人不了解那些應當知道的事，
他們也不想了解那些事情。

Moment 78

愛的權利

　　愛上一個人，我們對對方的要求會變多。希望在自己疲憊時，對方會先靠近並擁抱；希望在自己渴望愛時，對方能先表現愛；希望在爭吵時，對方先道歉。當然，因為愛，才有可能如此；因為愛，才可以理所當然地要求。因此，我想先接近對方，完成他的期望。

　　因為被愛著，這樣就夠了，沒錯。

Moment 79

隨心所欲

　　終究是安於現狀。小時候我有過夢想，眼睛只盯著那個夢想，努力狂奔。然而，當年輪越長越密，在社會扎下了一定的根基時，那個夢想也漸漸模糊了。

　　現在無論做什麼都會先擔心，連幹勁都沒了。小時候的熱情都跑去哪了呢？因為無法隨心所欲地做自己想做的事，如今只能隨波逐流地過，無論對工作還是對愛情都是如此。

時常想念
當時那個熱情的自己。

Moment 80

掙扎

　　雖然知道現在是該放棄的時候，是該回到出發點重新開始的時候，但大多數人都無法承認這個事實，忘卻眼前現實，只追求自身的理想。因為他們害怕回頭，否則就是回頭看，發現已經走得太遠了。於是，他們無法轉頭看看自己，只顧著向前奔跑，即使前方是一片沼澤也渾然不知。

　　大多數的人會感覺到，現在的自己不是在「努力」，而是在「掙扎」。

Moment 81

所謂的長大

　　小時候以爲長大後一切都會找到明確的答案，然而情況與我的想像相反，感覺我所追尋的答案全都在無力地動搖。或許是爲了隱藏這種無法控制的焦慮，反而會裝作更懂的樣子，假裝自己是人生的前輩，想要教育別人。

習慣隱藏自身情感，
所以對於表達自我很不熟練。
想從痛苦與悲傷中平靜下來，
所以冷淡地看待一切。

就這樣一點一點地監禁自我，
無論是對愛情還是對人，
如今已對一切感到麻木和平靜。

Chapter 4

爲愛堅強

無論如何

比起努力變幸福

我們需要的是不是

就算不一定幸福也無所謂的從容心態

Moment 82

終究是人

別太傷心。

別太膽怯。

　　人與人相識，人對人產生好感，人與人之間總是出問題，總會漸行漸遠。歸根究柢，人活著就是如此，人生都差不多。無論如何，結果還是一樣，差異只在於自己能否接受而已。

都是這樣的，就接受吧。

Moment 83

尊重

不管是我認識的模樣，還是我不認識的模樣，反正你就是你。

當我們 100% 認識某人，很容易覺得那個對象索然無味，不再需要知道什麼，也不想再知道什麼，因此那個對象不再讓我感興趣。於是，我們又會去尋找別的樂趣，找另一個能讓我再次怦然心動的對象。

在了解他人的過程中，不要試圖完全了解對方。就算只是自然地了解到某些部分，也要懂得尊重對方，懂得愛對方，懂得尊重並包容那些我不懂的部分。就算我只了解你 50% 的模樣，我也會盡全力去愛那 50%，即便我不認識你另外 50% 的模樣，我也完全會因為那 50% 而心動。

Moment 84

關係法第一條第一款

希望有人能用法律來規範。

「和某人交往前，請一定要先確認這件事再交往。」

問：「你要陪在我身邊多久？」

就算改變主意決心不再相信別人，我們終究還是會因為無法忍受孤獨而崩潰，並想依靠他人。然後又會再次下定決心表示：

「以後再也不要相信別人了。」

Moment 85

傻瓜般的愛情

　　如果說隨年齡增長會有所學習，那就是學會「如何不對喜歡的人說喜歡」。 越是反覆地交往又分手，對下段緣分的要求就越多，即便有好感，若對方沒有滿足條件就會轉身離開。更諷刺的是，我沒有去尋找能滿足條件的人，而是期待具備條件的對象先接近自己。因此在不知不覺間，我變成澈底忽視自身感情的人，變成無法對喜歡的人說喜歡的傻瓜。

　　如果我們不顧慮重重，而是當吸引自己的人出現，就先暫時收起自身喜好，隨心所欲地行動一次看看如何呢？

就隨心所欲一次。

就算不是第一順位也很幸福

我喜歡當第二。

不對，與其說是喜歡這樣，不如說是不知不覺喜歡上當第二的感覺。

我沒當過第一，一直以來都是第二，也常常是第三、第四，或是其他順位。當然，有時候也會對第一順位或第一名感到憧憬與羨慕，因為第一順位有我所不具備的部分，肯定會因此感到自卑，內心覺得：

「我哪裡比他差？」

「他一定有靠山。」

因為這樣而產生各種負面的想法，便不得不自我催眠，告訴自己「我就是第二順位」，藉此讓心裡舒服一點。

是不是因爲從小一直被洗腦，我們才如此在乎順序呢？我們從小就必須以第一名爲目標，離目標越遠就越著急。因爲我們受如此的教育，這種排名競爭的結果在成年進入社會後也依舊。

如此的我之所以會愛上第二、第三、第四，或者其他更後面的順位，是因爲安全感。第一給人帶來的壓力肯定相當沉重，要當所謂的第一就得先經歷一些沒有經歷過的體驗，也無法問任何人這條沒人走過的路是對是錯。我沒有這種自信，對我而言，或許第二順位非常合適。

你可以說我的這個說法是種激烈的辯解，是沒辦法當上第一的第二名在辯解。要是你問我：「是不是因爲沒當過第一而習慣當第二呢？」這樣說其實也沒錯。

反正經過無數的嘗試後，我從來沒當過第一。從中我學會了不氣餒，學會了即便成爲第二或更後面的順位也能感到滿足的方法。

我去了總是大排長龍的豬排店，店內果然座無虛席。在服務生的協助下拿到了號碼牌，號碼牌上印著「第三順位」。哎呀，多麼幸福的一天啊！

一步之遙

　　和他人交往時，總是煩惱要不要靠近。只要再走近一步就好了，但雙方卻都不動，只在原地等待。往前跨一步時，會先擔心對方是否會後退一步。

　　我們都別害怕。當我們靠近一步時，就算對方後退一步，也只是毫無變化的一步之遙而已。

Moment 88

相像的人

我想和與我相像的人一起走下去。

你帶著溫和的微笑傾聽我不像話的話語，觀察我表情上微妙的差異就能懂我的心。我們有說有笑，聊的不是昨天看的綜藝節目或電視劇，而是過去的你和今天的我。我們就像老朋友一樣，雖然你會指出我的缺點，但偶爾碰觸到你的手就能讓我心動。我想和與我如此相像的人一起走下去。

Moment 89

我孤零零地一個人

　　現在應該能適應自身年齡了，現在應該能做出合乎自身年齡的行為了，但我依舊對自己的年紀感到很陌生。大家看起來都適應了自己的年齡，過著與年齡相應的生活、有與年齡相應的想法、享受與年齡相應的從容，只有我還停留在小時候的模樣，沒有改變。只有軀殼變成大人而已，內在根本不是那麼一回事。現在應該要能做出合乎自身年齡的行為了，但我還是有好多恐懼，究竟我能否達成那些大家正要達成的所有成就呢？對自己的不信任感持續增加……

我要相信自己啊！

除了自己以外，還有誰會相信我。

Moment 90

總是因人而受傷

不是沒禮貌或沒家教，
只是面無表情。
不是裝模作樣，
只是無法適應瞬息萬變的情況。
不是不想親近他人才如此，
只是因為害怕人。

因為總是傷到我的，
不是情況，而是人。

我們關係中的問題

終究在於我嗎？

我只不過是一無是處的廢鐵，

那些被我割傷、刺傷、流血的人啊，

是他們把我磨成鋒利的刀刃。

不管被刺傷還是割傷，

不要去努力討好別人。

因為手握利刃的不是我，是他們。

Moment 91

人際關係的重置

　　被一時的情感迷惑或因他人的緣故，認識了不需要認識的人，認識了不認識也沒差的人。光是關注一個人就已經很忙了，這樣反而多了一個麻煩的人際關係。

　　人際關係必須重置。這種很難欣然接受又很難無情拒絕的不明人脈，有還不如沒有。

最美的風景

　　在濟州島過完暑假，回程的飛機上我本想要坐靠窗的座位，但我太晚訂票，坐到了走道邊。然而我並沒有太不滿，因為身子已經很疲累，應該不會對窗外的景色感興趣了。

　　我左邊的兩個座位上坐著一對青澀的情侶（雖然我並不想聽，但他們出遊好像是為了慶祝交往一千天），而右側一點鐘方向走道邊，則坐著看起來像和孩子們一起來旅行的家庭。左邊的情侶和前面的孩子們都在談論各自的旅遊故事，我打算休息的計畫泡湯了。

　　「寶貝，你拍了幾張一模一樣的照片啊？」

　　「這張閉眼睛要刪掉，這張有點逆光。」

　　「這也太漂亮了吧？」

左邊的情侶正忙著挑選拍得最漂亮的照片。

右前方走道旁來家庭旅遊的兩個孩子的媽媽也在用手機挑照片，照片全都是以風景為背景的孩子們的照片。孩子們的媽媽忙著一張一張地放大看孩子的臉。

閉眼的照片、手震而失焦的照片，完全都沒辦法刪。但偶爾出現的美麗風景照在看了許久後，就被丟進垃圾桶了。

遠道而來濟州島？居然就這樣刪掉那些美麗的風景？

根本無法理解。

回家打開行李，收拾完，躺下準備睡覺，這時我正好找到了答案，於是就寫了這篇文章。

不論是那對情侶，

還是兩個孩子的媽媽，

他們都挑了最美的風景。

無論是閉眼的還是失焦的，那些都不重要。只要照片中有我，對媽媽而言應該就是最美的風景吧？

話說我手機裡有幾張媽媽的照片呢？

Moment 93

我的問題點

　　我比誰都了解自己的問題，充分了解自身的不足，也深刻感受到自己做得比別人差，然而當對方嘴裡說出我的這些問題時我就會否定。

　　雖然努力想讓內心平靜，然而只要我這些問題被其他外人暴露出來，我就會像一件衣服都沒穿一樣赤裸，變得無比羞愧且悲慘。這就是人性。

雖然努力想讓內心平靜，
卻還是辦不到。

Moment 94

花束中的一朵花

躺在床上準備睡覺時，一個認識的弟弟在很晚的時間打來。

他非常了解我的個性不太喜歡通電話，所以接電話前我就直覺想到他應該是有什麼煩惱。果不其然，在我的預料之中。

他雖然進了夢寐以求的職場工作，但不知道是因為被前輩欺負，還是因為職場氣氛與前公司不同的關係，覺得自己莫名被邊緣了。於是他闡述了自身煩惱，表示自己無法融洽地和職場上的人相處，因此感到傷心。

在睡夢中接到電話的我想盡快結束對話，給了他空虛的安慰後就掛斷了電話。不過，我卻抱著不太開心的心情睡去。

起床一睜開眼我就送了一小束花去那傢伙的公司，附上一張小卡。

　　「看到不同種類的花綁成花束，我們不會問為什麼不同種的花被綁在一起，而是覺得這是一束漂亮的花。也許你覺得自己無法融入這個群體，但正因為如此，我認為你正待在一個你應該要待的地方。因為雖然有人可能會在花束中注意到自己喜歡的某種花，但也許大家所關注的是花束所代表的意義。因此，希望你不要太在意，因為你也是讓花朵們成為花束的其中一朵小花。」

　　雖然想這樣寫得很宏大，而我卻只生硬地寫了幾個字。

　　「千日紅、滿天星、藍星花、星辰花、風蠟花，
　　用不同種類的花做成的花束，
　　不協調的協調。」

　　不曉得他有沒有聽懂，也許這個舉動只是為了讓昨天聽完故事的我心裡稍微舒服一些。

　　晚上有個訊息傳來：

　　「哥，謝謝你。」

209

Moment 95

自尊心

俗話說，自尊能當飯吃嗎？依我的經驗所得出的結論是，有兩點是肯定的。

1. 自尊心可以餵飽人。
2. 不要在想一輩子一起吃飯的人面前樹立自尊心。

Moment 96

也許我是媽寶男

工作時我沒空看手機，之後看到一堆媽媽打來的未接來電，回電時我發了脾氣，問她為什麼明知道我在工作還打這麼多通電話給我。某天，我有事要問媽媽就打了電話給她，但我打了兩、三通媽媽都沒有接。幾分鐘後我手機響了，我又帶著不耐煩的語氣問她為什麼這麼不愛接電話。媽媽說她因為一些事情沒看手機，並跟我道歉。

我氣我自己如此丟臉並令人心寒，我為什麼會這麼不耐煩呢？

總有一天這個鈴聲會變成不會再打來的珍貴鈴聲，而我現在還能隨意撥號就聽得到如此珍貴的來電答鈴。

無情的歲月流逝，我害怕某天媽媽也許再也不接電話，不對！是害怕某天媽媽也許再也接不了電話。我的手機鈴聲響起，隨之襲來的恐懼是，我害怕某天再也看不到手機螢幕顯示媽媽的來電。

　　管她打兩通還是三通我都覺得很好，只要媽媽能接電話。

　　不管我有多忙都沒關係，只要我手機螢幕顯示媽媽來電。

　　也許我是個媽寶男。

Moment 97

改變

　　愛持續得越久，通常我們對彼此沉默的情況就越多，在不少戀人身上都能看到這種症狀。我們會盡可能節省地說該說的話，只說對方想聽的話，忽視對方的缺點，只想看到對方的優點。就這樣戴著濾鏡看對方，並解釋這麼做是因為愛，因為我們愛的是那個人本來的樣貌，反正缺點也屬於他的一部分。

　　這種說法終究是在自我合理化而已。不是因為愛而不說，而是以愛為藉口而不說。一一細數最終自己會傷心，所以就先害怕了起來，然後連這種模樣都把它斷定為愛。

　　如果希望愛情持續下去，就要配合彼此做出改變。

互相配合著對方，
慢慢長成我們。

Moment 98

愛每一個當下

為了往後更美好的相遇，現在的我們必須要努力，這種說法有多可笑啊。為了將來的我們犧牲現在的我們，這有多令人感到遺憾啊，現在要愛都很吃力了。

現在握著的手就夠令人感到幸福了。去不怎麼好吃的餐廳，一邊玩樂一邊幫彼此拍拍美照，在咖啡廳裡笑鬧，聊不重要的小事。現在就打開電視，邊看綜藝節目邊笑，這是多麼平凡又幸福的事啊。不要在意未來，去愛當下的每一刻吧，幹嘛在意尚未到來的未來呢？

過了當下，下一個當下就會到來。不管我們再怎麼談論未來，反正都要累積當下才能創造未來。因此，我們現在就去愛吧，不用努力變得更好，就去愛吧，我們。

Moment 99

35 元 的幸福

去超市買一根 35 元的冰棒，
我們選了不同口味，一邊交換吃一邊散步。
走到半路看見一隻嘴長腳長，長得像丹頂鶴的鳥，
看到長椅下有隻貓咪把自己窩成烤吐司的姿勢，
還看到步道旁小溪裡的水獺和悠游的魚兒。
我們手牽手就這樣迎著同方向吹來的風，
看著同一個地方呆呆地散步。
我們今天只花了 35 元就做了這麼棒的事。

豈不是很划算嗎？

Moment 100

都是因為你

下雪了，雪厚厚地積在結冰的地面上，厚厚地積在乾枯的樹枝上，然後再開始一點一點地融化。

就這樣反覆積雪又融化，當雪不再下的時候，飽含水分的大地和樹木就會開出花朵。一切都乾枯的我，今天我也積累了很多和你的回憶，就算再也無法創造與你的回憶，你給我的那些回憶也會綻放出花朵吧。

如果我正在轉變成更好的模樣，如果我已經變成更好的模樣了，那都是因為你。

Moment 101

愛是無

　　若你問我是否相信愛情，我的回答是「不相信」。

　　愛是「無」。愛存在卻又不存在，它看不見也摸不著，對某些人來說愛存在，對某些人來說卻又不存在。然而，我們能從某人身上感受到這看不見又摸不著的存在，我們稱這個瞬間爲「墜入愛河」。於是我們光憑自身情感就斷定了這個「無」的存在，然後就會渴望對方看待自己時也有相同的感受。對於這樣創造出的「愛情」，當感受與第一次感受到的情感不一樣時，我們就會說「愛變了」。愛是不會變的，只是對方的模樣變了而已。不要怕愛會改變，不要因爲心動的感覺有些消退而感到焦躁，如果會變，那就去愛改變後的模樣，如果不再心動，那就去愛習慣彼此的那個模樣。因爲就算把愛從我看著你的眼神中抽走，你依然是如此美麗。我不相信什麼看不見的愛，只相信我眼前的你。

我只相信你，
你也相信我。

Moment 102

倦怠期

　　走到了倦怠期的關口，並不是所有的戀人都如此，只是大部分的戀人都這樣。對方討人厭的部分被放大，雖是在一起卻感到很孤獨，與其說是心動與愛，不如說是靠情義維繫著關係的感覺。該如何克服倦怠期呢？難道要靠情義繼續維繫關係嗎？還是愛情的壽命已盡，該放開彼此呢？沒錯，倦怠期指的是我愛的能力已盡。錯不在於看到戀人卻再也無法心動的人，錯也不在於不能再讓戀人心動的人。雖然一切取決於決心，但對我而言，倦怠期不是拿來克服的課題，而是個機會，讓我對最初的你重新墜入愛河。因為就算我的愛壽命已盡，在那一瞬間我還是會再度愛上你的。

Moment 103

不要在熟悉中忘記珍惜

與某人變熟悉的意思就是，不管是好電影、好吃的食物、有氣氛的咖啡廳、很不錯的地方，只要一發現某些事就會理所當然想起某個人。

變熟悉就代表變珍貴，變熟悉代表成為不可或缺的存在。「不要在熟悉中忘記珍惜」這句話說錯了，至少我覺得是如此。

熟悉就代表珍貴。這只是個人的差異，有人把熟悉視為理所當然，有人則把熟悉視為值得感恩的事。

Moment 104

夢醒

　　最近經常做夢，在夢裡我收到了染上紫紅霧氣的藍色鬱金香。夢裡我一直抱著那束花，每次夢中場景轉換，我都緊緊地抱著那束花，應該是怕弄丟吧。夢中我爬的明明是被染紅的青山，爬到山頂卻有一片粉紅色的無邊際大海。

　　在這個隨時變換的空間中我依舊抱著那束花，害怕把它搞丟。夢境越走越深，我找不到之前收下的那束霧氣繚繞的鬱金香了，不管走到哪都找不到之前一直抱著的那束花。「有必要在夢裡還如此煞費苦心地幹嘛嗎？這只是一場夢而已，醒來後就會消失。」我就這樣漸漸忘記了那束花。當我完全忘記那束花的存在時，我就從夢中醒來了。如果做夢，請珍惜夢裡發生的一切，因為當珍貴的東西不再珍貴，人就會從夢中清醒過來。

和你在一起的一切都很珍貴。

Moment 105

天平

　　無論在何處，無論是誰都是如此，覺得人生的某部分變好時，另一部分就會變壞。

　　「人生」就像一個天平，其中的「幸運」與「不幸」只存在非常細微的差異，人生是不傾向任何一方的精準天平。

我要好好過自己的人生。

Moment 106

愛的證明

　　愛情其實沒那麼偉大。如果我被她的長直髮迷住，和她交往，後來某天她突然剪去長髮，以短髮的樣貌出現在我面前，而我依舊覺得她很美的話，這不就是愛情嗎？

請原諒我，

即便知道人與人相愛無法始終如一，

我還是無法接受這個事實。

請原諒我，
即便隨著如四季般的你變換自我，
我還是沒能化作一棵堅守原地的樹。

後記

獻給準備談另一場戀愛的你

　　有句話說：「因爲痛，所以叫青春。」小時候的我
不了解這句話的意思。因人而痛苦、因愛情而痛苦，我
體驗了因年輕而難以承受的刻骨銘心，經歷了因爲年輕
而感覺非常痛苦的經驗。然而，現在的我對一切都變遲
鈍了，對於愛、對於人都是如此。我的情感表達只展現
到不讓自己感到可惜的程度，我的情感只給到不讓自己
受傷的程度，只愛到不痛的程度。因此，我不再談以前
那種不顧一切的愛情了，不想再遇到新的緣分了。

　　如果你現在因爲某事或某人而感到痛苦的話，我想

對你說：「眞羨慕，請盡情地痛吧。」並不是「因爲痛，所以叫青春」，而是「必須痛，才是青春」。是不是值得痛苦一下呢？連痛苦都是美麗的瞬間吧。

　　透過這本書我想告訴大家，愛情的盡頭不會是離別，因爲大部分因離別而痛苦的人，從一開始就選錯了起跑線。離別的盡頭是愛情，無論多麼痛苦，無論多麼辛苦，反正我們還是會再度陷入愛情裡，因爲有離別，愛情才會再來。

　　闔上書本的最後一頁，書本就不再是要讀的書，而是讀過的書了，剩下的只是決定把它歸爲好書或爛書而已。

國家圖書館出版品預行編目資料

別管明天，就這樣愛吧！／金秀敏圖.文；陳思瑋譯.
-- 初版. -- 臺北市：圓神出版社有限公司, 2024.06
240 面；14.8×18.2公分 -- （Tomato；81）
譯自：우리 헤어지지 않게 해주세요
ISBN 978-986-133-924-5（平裝）

862.6   113005069

Eurasian Publishing Group
圓神出版事業機構
用心與你對話・視野無限寬廣

圓神出版社
Eurasian Press

www.booklife.com.tw   reader@mail.eurasian.com.tw

TOMATO 081

別管明天，就這樣愛吧！ 우리 헤어지지 않게 해주세요

作　者／金秀敏
譯　者／陳思瑋
發行人／簡志忠
出版者／圓神出版社有限公司
地　址／臺北市南京東路四段50號6樓之1
電　話／（02）2579-6600・2579-8800・2570-3939
傳　真／（02）2579-0338・2577-3220・2570-3636
副社長／陳秋月
主　編／賴真真
責任編輯／尉遲佩文
校　對／沈蕙婷
美術編輯／林韋伶
行銷企畫／陳禹伶・朱智琳
印務統籌／劉鳳剛・高榮祥
監　印／高榮祥
排　版／莊寶鈴
經銷商／叩應股份有限公司
郵撥帳號／18707239
法律顧問／圓神出版事業機構法律顧問　蕭雄淋律師
印　刷／國碩印前科技股份有限公司
2024年6月　初版

定價 350 元　　　　　ISBN 978-986-133-924-5　　　　版權所有・翻印必究

◎本書如有缺頁、破損、裝訂錯誤，請寄回本公司調換　　　Printed in Taiwan